LES AMANTS DE GROENLO (Grol, Grolle)

Réédition 2020

Lola RIL

Illustration : @Benoit0034 Instagram

© 2020 Lola RIL,
Édition : BoD – Books on Demand,
12/14 rond-point des Champs-Élysées, 75008 Paris
Impression : BoD - Books on Demand, Norderstedt, Allemagne
ISBN : 9782322240500
Dépôt légal : Août 2020

CHAPITRE I

Port Mahon, fin juin 2019

Lola était une jolie jeune femme de 19 ans.
Elle étudiait la psychologie.
Ses passions : la lecture, l'écriture, le Kitesurf, *Galapagos* sa tortue !

Sa peau claire, ses yeux vert émeraude, ses longs cheveux couleur ébène tombant en cascade, ses lèvres rehaussées d'un gloss cerise, lui donnaient des allures de cette héroïne romanesque qu'elle rencontrait à chacune de ses lectures. Son petit nez retroussé lui donnait cet air mutin, qui faisait tant craquer Benoît.

Lola vivait à *Port Mahon*, aujourd'hui capitale de l'île de *Minorque* rattachée à l'Espagne.

Les villas à l'architecture Géorgienne Britannique côtoyaient avec autant de facilité les façades Renaissance que les maisons blanches accrochées à flanc de collines.

Agrémentées de fleurs colorées et d'arbres aux larges feuilles qui procuraient une ombre si précieuse lorsque le feu du soleil écrasait ces demeures sorties d'un autre temps.
Les brises légères que procuraient les embruns faisaient tournoyer les feuilles des arbres sur les terrasses ou les jardins. Le cliquetis du balancement des hamacs rappelait la douceur de ce climat.

La nonchalance de ses habitants, confirmait que nous étions sur les bords de la Méditerranée. Afin de découvrir ce port, des criques et des îlots permettaient aux bateaux de faire une halte,
Il faisait bon vivre à *Port Mahon*.

« Aqui *estan las vacaciones todo el ano* ! » dirait notre guide touristique *Juan-Pedro-Ricardo-Alvarez-Sanchez de Los FUENTES*, avec son bel accent hispanique et ses formes de danseur flamenco.

Les cours allaient se terminer. Les vacances seraient bientôt là.

Lola et Benoît avaient prévu de faire un stage de Kitesurf, leur passion commune.

Mais comme tous les Étés depuis sa naissance, Lola passait quelques semaines chez sa Grand-mère Lolita.

Benoît quant à lui, bosserait à l'attraction du coin *The kiss of the Mermaids,* Un Lounge-Bar-Taverne.

[Il serait craquant dans sa tenue aux couleurs du Mermaids !] avait-elle pensé, quand il lui avait parlé de son projet de job d'Été.

CHAPITRE II

Port Mahon, début juillet 2019

Pour Lola, Lolita était la personne la plus importante, la plus extraordinaire.

Lola et Lolita passaient de délicieux moments ensemble, remplis de délires et de fous rires.

Il faut bien avouer que Lolita était un sacré personnage !

Actrice et comédienne dans les années 1960 à 1980, Lolita avait tourné pas moins de 20 films et joué dans des dizaines de pièces de Théâtre.

Lola adulait sa Grand-mère, lorsqu'elle évoquait cette période. Pour elle, Lolita était comme ces stars Hollywoodiennes.

Telle la troublante beauté de Liz Taylor ou l'esprit mutin de Marilyn Monroe.
Les portraits et clichés qui trônaient dans le hall ou le salon illustraient cette belle époque.

Lolita n'était que grâce et volupté.
Ses courbes étaient fines et racées. Svelte et élancée, ce corps qui lui avait valu plusieurs ténébreux et bels amants, dont elle se souvenait avec beaucoup de tendresse et d'émotions.

Aujourd'hui Lolita avait 65 ans. Elle n'avait rien perdu de ce charme qui lui avait fait vivre et éprouver tant de sensations, de passions tout au long de sa vie. Ses yeux bleu azur envoûtants, ses cheveux longs gris ondulés lui donnaient des allures de Reine des Mers.
Lolita était une femme de sa génération qui revendiquait haut et fort les bienfaits de sa maturité.

Lolita vivait seule et isolée. Seul un chemin donnait accès au Domaine de *Hautes Vallées*. Bordé de Jasmin et de Bougainvilliers aux vives couleurs, le doux parfum que sublimait la brise légère donnait à cet endroit des airs de sous-bois féerique.

Au loin, sur la colline s'érigeait un
magnifique Manoir de style Géorgien,
vestige de l'occupation Britannique,
il y avait plusieurs siècles.

Aux alentours des plaines à perte de vue, où
des chevaux galopaient crinières au vent.

Lola aimait cet endroit. Ce lieu la faisait
rêver.

CHAPITRE III

Port Mahon, début juillet 2019

*H*autes *Vallées* ou *High Valley* comme le nommait les touristes était fabuleux.

Le domaine appartenait à Lolita depuis de très nombreuses années.
Legs de feu Sir Byron Templeton (3eme du Nom). N'ayant jamais été marié. Sir Templeton qui transit d'Amour pour Lolita, ne lui avouant jamais son profond attachement, *So British !* Lui confia le Manoir et toutes les terres.

C'était ainsi que Lolita devint une sorte de Châtelaine. Ce qui cadrait parfaitement avec le personnage !

Hautes Vallées était majestueux.

Cet édifice construit sur les hauteurs du domaine, faisait de cet endroit une forteresse imprenable.

Cette énorme bâtisse, les soirs de pleine lune, apparaissait comme un château hanté ou horreur et maléfice se côtoyaient.
Tel l'antre de Frankenstein ou Dracula.
Lorsque le vent s'engouffrait au travers des fissures laissées par le temps, on croirait entendre les cris des âmes en peine qui possédaient le Manoir.

Construit il y avait plusieurs siècles,
ses murs étaient emprunts de vielles
histoires et légendes que Lola et Lolita
aimaient à raconter aux touristes égarés.

✔

L'aile sud où Lolita avait établi ses
appartements, avait gardé tout son charme.

De grandes et épaisses tentures suspendues
protégeaient les pièces du puissant soleil
d'Été.

Les meubles restaient assez sobres.
Fabriqués pour la plupart en acajou,
(Bois de prédilection de l'époque coloniale
propice à l'exportation de ce bois exotique).
L'on retrouvait de nombreux meubles
secrétaire et bibliothèques de style
classique.

La cuisine était colorée plus dans l'esprit et
l'influence Catalane. Parfumée d'épices,
piment, huile d'olive et condiments.

Un véritable dépaysement pour les sens et
les clients de ses chambres d'hôtes, lui
permettaient d'entretenir le manoir, les
jardins, les terres et les chevaux !

Lolita adorait les gens, elle les entourait toujours de petites attentions, *et parfois même leur jouait, la scène 2 de l'Acte 5*. Elle était passionnée et passionnante.

La chambre de Lola était digne d'un conte de fée. Son lit à baldaquin, aux voiles rose et blanc, le plafond fluorescent où brillaient des myriades d'étoiles. Certes ! C'était la chambre de ses 6 ans, mais qu'importait, elle ne voudrait en changer pour rien au monde.

Quant à l'aile Nord, certaines pièces restaient inaccessibles car murées, pour éviter les accidents, trop endommagées par les sévices du temps.

Cependant il y avait une pièce stratégique du manoir à laquelle Lola voudrait bien accéder, le Pigeonnier.

CHAPITRE IV

Port Mahon, juillet 2019

Voilà trois jours que Lola était arrivée.

[Il faut absolument que j'ouvre cette maudite porte !]. En regardant vers le Pigeonnier

Cet endroit l'avait toujours fasciné !

[C'est grâce à cela que communiquaient les gens d'autrefois. Les pigeons étaient les messagers du cœur des gentes dames.

Comme mes héroïnes d'aventures où la jeune fille était retenue prisonnière afin d'être épousée, et son jeune soupirant envoyé aux galères !].

Soudain, il y vint une idée !

Elle se souvint qu'avec Benoît, alors qu'ils jouaient aux pirates ou aux grands explorateurs. Ils grimpaient sur les toits (ce qui faisait mourir de peur Lolita, et qui enchantaient ces deux garnements !), que celui du pigeonnier était en mauvais état. En ôtant quelques tuiles, elle pourrait sans doute accéder à cette pièce qui la fascinait tant.

La voilà grimpant sur les toits et les tuiles enlevées, elle entra dans le fameux pigeonnier.

Elle était comme ces enfants découvrant leurs cadeaux le jour de Noël, les yeux remplis d'étoiles.

C'était un moment unique.

[Si seulement Benoît était là !].

Elle scrutait la pièce. Il s'y trouvait tout un tas d'objets et de petits mobiliers. D'incroyables cages, toutes façonnées ressemblant à de petits châteaux.
Lola les trouvait magiques. Certes ! Elles étaient ternies, mais le temps ne les avait pas pour autant, dépourvu de leurs attraits.

Quand, le souffle coupé ! Elle se figeait.

L'improbable, l'inattendu !

Devant elle, se trouvait une malle !

[Un véritable coffre de Pirate, je l'ai trouvé enfin, mon Saint Graal !]

Bien entendu ! Le coffre était fermé par un énorme cadenas.

[Qu'à cela ne tienne !].

Sur un petit établi se trouvait une lame. Lola prit l'objet et l'introduisit dans le trou de la serrure. Un tour à droite, un tour à gauche, encore à droite et clac ! Elle termina enfin par la déverrouiller.

Elle ouvrit lentement la malle.

Elle était émerveillée par un tel spectacle.

Ce coffre renfermait de riches habits d'autrefois, des armes, des lettres, et un petit coffre, qui lui n'était pas fermé à clé !

Seul un petit clip maintenait sa fermeture. Elle l'ouvrit, mille éclats en jaillirent. Il était empli de pierres précieuses, rubis, émeraudes, saphirs, bagues, colliers.

Mais pour Lola le vrai trésor, le plus précieux, c'étaient ces lettres.

[Que pouvaient-elles bien contenir ?

De qui étaient-elles ?

Pourquoi étaient-elles dans ce coffre ?]

Tant de questions, d'émotions pour Lola !

CHAPITRE V

Port Mahon, juillet 2019

Pendant ce temps...

Benoît quant à lui, avait commencé son job d'Été.

Il était le voisin de Lola. Depuis le jardin d'enfance, ils n'avaient jamais été séparés.

Benoît était son meilleur ami, son frère, son confident. Secrètement depuis toujours, Lola était l'Amour de sa vie. Son âme sœur. Comment pourrait-il lui avouer ?

Il se consacrait à une future carrière de Photographe.

Séduisant jeune homme de 20 ans, Benoît avait les yeux bleu lagon, les cheveux châtains clairs, une mèche rebelle, (qui faisait craquer Lola !). La carrure de footballeur américain et le sourire charmeur le rendaient irrésistible.

Ces passions : Lola, la photographie, le Kitesurf.

Benoît travaillait donc au Lounge-Bar-Taverne *'Mermaids'* rebaptisé *'The kiss of the Mermaids '* par le nouveau propriétaire.

C'était un très bel endroit, où tous les habitants et touristes de l'île se retrouvaient.

Il proposait les boissons et mets incontournables de l'île !

Le Gin qu'affectionnait tout particulièrement les soldats anglais ainsi que la Pomada*, la Sobrada, l'Ensaimada et le Coca Bamba, spectacle du 17eme siècle *en association avec les festivités de San Joan de Cuidadela*.*

Ce lieu semblait avoir traversé les âges sans aucunes cicatrices. Passez la porte de ce lieu mythique et vous voilà pirates ou officiers Britanniques !

*Descriptif au chapitre XI

Mais le plus fabuleux, était la légende *du Baiser des Sirènes.*

Les sirènes sont des créatures hybrides, mystiques ou mythologiques.

Elles ont parfois été décrites comme mi-femme mi-poisson, ou mi-femme mi-oiseau.
Celle aux écailles serait la sirène des mythes scandinaves. Celle à plumes serait issue de la mythologie grecque. Elle rappelle la Harpie.

Les sirènes sont des créatures sans âmes.
Selon la Légende,

Elles déclaraient leur amour à l'homme qu'elles aimaient par le sacrifice ultime, en déposant un tendre baiser sur les lèvres de l'être aimé. De ce fait elles devenaient le lien indéfectible entre la mer et le ciel.

Les marins vous parleraient de l'attirance irrationnelle pour cette immensité. Ils savaient en leur for intérieur, que cet appel n'était autre que le chant magique de ces êtres féeriques qu'eux seuls pouvaient entendre.

C'est ainsi que les soirs de pleine lune, les hommes de Port Mahon scrutaient l'horizon. Ils souhaitaient intensément voir ou revoir leurs belles ondines romantiques, mutines ou félines.

Que l'on y croit ou pas, le simple fait de vivre à *Port Mahon* ou d'y faire une halte, vous plonge dans cet univers onirique.

Benoît pensait beaucoup à Lola. Il n'avait pas encore eu de ses nouvelles.

[Elle qui m'envoie un snap à la fréquence d'un tous les quarts d'heure !]

Il savait que lorsque l'on se trouvait à *Hautes Vallées*, le temps ne s'écoulait pas de la même manière *!*

Faille temporelle, magie ou féerie des sirènes ?

Nul ne le savait !

CHAPITRE VI

Port Mahon, Juillet 2019

Lola était assise en tailleur devant cette malle !

Elle sortait un à un les objets s'y trouvant.
Les robes faites de taffetas, mousseline,
soie et coton.
Un chapeau, une longue veste de toile, une
tenue d'officier de l'armée Britannique,
un costume d'apparat bleu Roy,
des mousquets, un fleuret.

Tout était en parfait état !

Lola était euphorique, passionnée.

Elle décida de passer l'une de ses prestigieuses toilettes.

La rouge écarlate qui irait si bien à son teint. Ses cheveux noirs lui donnaient l'allure d'une princesse espagnole.

Elle ressentait déjà la chaleur et la fougue de cette femme fière et sauvage.

Elle retourna vers le coffre.

Elle prit fébrilement le paquet de lettres. Maintenu fermé par un délicat ruban de soie bleu pâle, elle tira délicatement le tissu et découvrit la première lettre.

[Que contenait cette correspondance ? Des lettres d'Amour ?]

Elle l'ouvrit et commença à lire.

Un étrange nuage enveloppa Lola !

Elle se retrouva assise devant un bureau ou plusieurs feuilles étaient disposées çà et là, elle avait une plume entre les mains. A la lueur d'une bougie, elle lisait une missive. Son cœur semblait meurtri ! Elle s'apprêtait à y répondre...

Groenlo, l'An de grâce 1627, le 20 juillet

Ma très chère et tendre amie,

Nous venons d'arriver dans cette ville du bout du monde après une marche de plusieurs jours. Le temps est couvert,

La Hollande quel beau pays !

Nous avons été les derniers à rentrer dans la ville. C'est le siège maintenant, coupés du monde. Il faudra en sortir demain avec les armes, ma douce, mon aimée.

J'ai hâte de te retrouver.

Le destin de nôtre rencontre. Quelle douce soirée nous avons passé qui restera à jamais gravée dans mon cœur, me donne l'espoir de te retrouver.

Ces mots tendres, cette légèreté, m'ont transporté dans les cieux.

Vais-je mourir demain, s'en avoir eu le temps de tout te donner ?

Nôtre rencontre était si proche du ciel.

Que dieu veille sur toi.

Ton Ami,

Angus Mc Bennet

Port Mahon, l'an de grâce 1627, le 25 juillet

Mon Adoré,

Tes mots résonnent en moi comme une douce mélodie. Cependant mon inquiétude est grande. Te savoir au loin, au sein de ce conflit qui n'est pas le tient !
Pourquoi t'es-tu engagé dans ce périple insensé ?

Mon Ange, mon Adoré,
nous retrouverons nous ?
Depuis cette lettre, que t'est-il arrivé ?
Es-tu blessé, aux mains de l'ennemi
ou pires encore ?

O ! Mon Adoré, pourquoi ai-je cette triste sensation ? Un souffle glacé caresse mon visage.

*J'ose espérer que je pourrai à nouveau
te lire. Que nous pourrons d'une simple
pensée, avoir de douces soirées.
Je ressens une intense passion.*

*Je me surprends à t'imaginer près de moi.
Nous entamons une de nos longues
discussions au coin de cet âtre où nous
aimions tant nous retrouver.*

*Tu occupes toutes mes pensées, mon Adoré !
Que ces mots traversent les contrées. Qu'ils
te retrouvent et te ramènent à mes côtés.*

Tendrement

Ta douce Amie Roxane Rayleigh Hawking

CHAPITRE VII

Port Mahon, juillet 2019

Benoît toujours sans nouvelles de Lola, n'y tenant plus ! Partit retrouver son amie.

Il arriva à *Hautes Vallées*.
Cette bâtisse l'avait toujours impressionné. Il gardait de ces Étés un souvenir impérissable. Lola et lui avaient fait les 400 coups aux 4 coins du Domaine.

Comme toujours, Lolita le recevait en lui faisant son bisou pince-fesses *(cette façon particulière qu'on les grand-mères de serrer nos joues avec leurs doigts, nous adorons tous !).*

Ensuite elle l'enlaçait très fort contre elle.
Le taquiner ainsi était la tendre façon pour
Lolita de lui dire qu'elle appréciait beaucoup
ce petit gars.

Pour lui Lolita était la Grand-mère qu'il
n'avait jamais connue. Il l'adorait, elle était
la seule à être dans la confidence de ce qu'il
éprouvait pour sa petite fille.

« - Où est Lola ? Je suis sans nouvelles
depuis 3 jours !
- Ah ! Mon grand ? Elle n'a quasiment pas
quitté ce fichu pigeonnier !
- Le pigeonnier ? Mais, pourquoi ?
- Eh bien, vas juger par toi-même ! Utilise la
porte, pas le toit s'il te plaît.
- Hein !!! Quel toit ??? Benoît, prit la
direction du pigeonnier

- Elle t'expliquera ! Répondit Lolita, alors qu'il n'était déjà plus là ! »

Lola toujours au 17eme siècle était plongé dans les rêveries de Roxane. Cette fille lui ressemblait étrangement. Toutes ses pensées, ses émotions, Lola les ressentait.

« - Lola, Lola ?
Elle sursauta et sortit de ce songe étrange !
- Benoît, c'est toi...Mais qu'est-ce que tu fais ici ?
- Bonjour, oui moi aussi Lola, je suis super heureux de te voir !
- Ouais, excuse-moi. Elle se leva et se jeta dans ses bras. Je suis trop contente de te voir en fait, j'ai fait une super découverte !

- Ah ! Ouais, c'est pour ça que je n'ai pas eu de tes nouvelles ? Tu abuses !
- Oui, d'accord. Je te promets c'est hallucinant ! Regarde ça ! Elle lui tendit la cassette, tu as vu ces trésors ? »

Elle lui prit la main et ils se dirigèrent vers la malle.

« - Ces objets, ces vêtements, n'est-ce pas merveilleux ? Tiens, il y aussi cette correspondance. Je crois que tout ceci appartenait à l'arrière, arrière, arrière, arrière, enfin tu vois ? Grand-mère de Sir Byron.
-T'es sérieuse ?

- Oui c'est sûr ! J'ai commencé à lire ces lettres. Elles sont si touchantes, romantiques. Elles sont écrites par Roxane et Angus, deux amoureux qu'une guerre sépare au 17eme siècle.

- C'est trop top ! Tu es sublime dans cette robe.

- Oui, oh ! Euh … ! tu trouves ? merci, j'ai l'impression qu'il y a un peu de son âme dans ses lettres et ses effets, j'ai même l'impression d'avoir vécu à cette période !

- Toi et ton romantisme, tu es trop craquante !

- Je suis sérieuse. Je me sens triste et passionnée. Je sais ça parait fou !

- Je peux en lire une ? Tiens, tu vas lire celles d'Angus et moi celles de Roxane. Attends ! Passe ce costume d'apparat. Tu vas voir, tu seras transporté en 1627 comme par magie !

- Ouais, si tu parles de ça à qui que ce soit Je... *elle posa son doigt sur les lèvres de Benoît*
- Chut ! Ce sera notre secret le plus secret, promis.
- Oui parce que là j'ai l'air d'un... »
Il se tût et la contempla. Elle était magnifique.

Cette robe d'un rouge si flamboyant, faisait ressortir son teint rosé. Ses boucles ébène.

Ce spectacle lui rappelait combien il l'aimait.

A nouveau, une épaisse fumée souffla sur nos deux jeunes héros !

Benoît se retrouva au beau milieu d'un campement militaire, dans cette ville du bout du monde, Groenlo, il écrivait...

Groenlo, l'An de grâce 1627, le 30 juillet

Ma douce,

Il pleut, la nuit a été agitée. Une certaine froideur règne, nos âmes meurtries.
Ce matin, un beau soleil nous ravi.
Une certaine bonne humeur règne dans le camp.

Je me languis de toi mon amie.
Les couleurs de l'Été me font penser à ce tableau de Maître que tu affectionnes tant.
Je voudrai être dans tes bras.

Les ordres de marche viennent d'arriver.
Quelle folie, nous allons attaquer les
positions ennemies aujourd'hui.
Comme un signe du ciel, il pleure !
Un orage, le silence s'est installé.

Les visages se ferment. Nous savons que des
amis ne seront plus là ce soir.

Je pense à toi comme espoir de survie.
Je ne peux pas croire que je ne te reverrai
plus.

Mes pensées sont pour toi

Ton très cher Ami

Angus Mc Bennet

Lola à nouveau devant cette petite table, avec pour seule clarté, la lueur de la bougie...

Port Mahon, l'An de grâce 1627, le 3 Août

Mon adoré,

Je reçois ta lettre, et comme toujours je la découvre avec fébrilité.

O ! Mon aimé, pourquoi t'ai-je laissé partir ?
Je voudrai tant que tu sois près de moi.
Que l'on puisse à nouveau nous amuser.
Nos fous rires me manquent.
Nos moments si complices.

J'ai tant de mal à imaginer ce que serait ma vie, si je te perdais.

Ton sourire ravageur et ton regard si
protecteur me manquent également.

Je te cherche dans la nuit noire.
Je suis seule et désemparée.
Reviens-moi vite mon Aimé.

Promets-moi que tu ne tomberas pas,
que ton nom ne figurera pas sur cette liste,
que je redoute tant de lire, lorsque nous
avons des nouvelles des combats.

O ! Mon Adoré, n'oublies jamais que tu es
mon espoir et que tu dois en faire ton devoir.

Avec toute ma tendresse

Ta douce Roxane Rayleigh Hawking

CHAPITRE IX

Port-Mahon, juillet 2019

Après avoir passé la nuit, calés au creux des coussins moelleux de la balancelle, sous le ciel étoilé de cette fin juillet.

Le jour pointait déjà, Benoît devait prendre son poste à 7 h 30.

Il devait quitter Lola à contrecœur, mais désormais, il savait qu'il occuperait ses pensées !

« - Je dois y aller, je fais l'ouverture ! Que vas-tu faire aujourd'hui ?

- Je vais commencer des investigations ! Je dois savoir qui sont ces deux amants !

- Bien sûr ! Je m'en doutais ! Tu es une incorrigible romantique !

- Oui, tu me connais si bien ! Je t'appellerai pour te tenir au courant de mes avancées !

Elle l'embrassa sur la joue

- Vraiment ? Il faut que je décolle ! Bonne journée Lola !

- Toi, aussi ! » Elle lui ébouriffa sa mèche qu'elle adorait.

Lola bien décidée à découvrir qui était ces deux personnages, se mit en quête !

Sa première démarche, se rendre au musée de la ville.
[J'ai deux noms de famille, c'est un excellent début de piste !]

Elle arriva en ville, devant cet immense édifice.
Lola avait toujours été fascinée par la magnifique façade de ce monument. De style renaissance, lorsqu'elle en franchissait le seuil, elle avait une étrange sensation ! Il s'en dégageait une atmosphère magique, voire un peu mystique.

Elle entra, se dirigea vers l'hôtesse :

« - Bonjour Estrella, comment vas-tu ?
- Salut Lola, je vais bien, merci et toi ? Que puis-je faire pour toi ?
- Eh bien, ! Je suis à *Hautes Vallées* en ce moment ! J'ai fait une merveilleuse découverte...
- Oh ! Qu'as-tu trouvé ?
- Figures toi ! Alors que je fouinais un peu partout comme toujours ! Je suis tombée sur une vieille malle avec des tas d'objets...
- Une malle ? Comment ?...
- Un énorme coffre qui contenait des robes sublimes, des bijoux, des lettres...

- Des lettres ? De qui ? Quelle année ?...
- D'amoureux de 1626...
- Waouh ! Le 17eme siècle ! Donc tu voudrais recueillir un max d'infos sur ces années ?
- Voilà, tu as tout compris ! Regarde en voici une, d'elle, et de lui, tu as vu les signatures ?
- Oui, oh ! C'est trop...
- Oui, avec Benoît nous étions sous le charme...
- Avec le beau Benoît ? Ouh ! Alors ?...
- Quoi ? La question n'est pas là !
- Si tu le dis ! Sourit Estrella
- Tu crois que je pourrais compulser les archives, y trouver des pistes ?

- Écoute, je pense, vas consulter les années 1600 à 1650, registres A, B,C. N'oublie pas que l'on ferme à 18n h 30 !
- Oui, oui évidemment ! Merci Estrella !
- Et, tu me tiens au courant !
- Oui, promis ! ».

Lola était transportée par ses recherches ! Aux fils des pages de ces vieux bouquins.

Un nuage survola Lola. Désormais, elle avait l'impression de consulter un ancien grimoire. Un soupçon de magie semblait s'être glissé en ces lieux !

CHAPITRE X

Port Mahon, l'an de grâce 1626

Roxane était une femme de haute naissance.
Fille de notable, Lord Arthur Rayleigh
Hawking.

La famille Rayleigh Hawking était venue
s'installer à Port Mahon en l'an de grâce
1613.

Lord Arthur était armateur Britannique.
Son épouse étant morte en couche, il élevait
seul ses deux filles ; Roxane 5 ans et Lizzie
(Élisabeth) 3 ans.
Arthur était un père aimant et protecteur.

Ils vivaient dans une belle et immense demeure sur la colline dominant la vallée ou galopaient des chevaux sauvages ; *High Valley*, où ils coulaient des jours paisibles.

Roxane avait désormais 18 ans, nous sommes en l'an de grâce 1626.
Elle était devenue une sublime jeune femme, douce et d'une rare élégance naturelle.

La finesse de ses traits aurait donné envie à l'artiste peintre de croquer son visage afin de figer une telle splendeur pour l'éternité.

Ses longs cheveux flamboyants avaient des reflets d'or, lorsque les rayons du soleil se perdaient en eux. Sa bouche d'un rose poudré rappelait la frêle douceur d'un pétale de rose.

De même que son teint celui du lait d'ânesse. Ses yeux gris émeraude lui donnaient un regard empli de mystère.

Roxane était sage, romanesque, mais d'esprit rebelle.

✔

Le Gouverneur de l'île donnait son Grand Bal
annuel d'Été.

La Famille Rayleigh Hawking y était toujours
conviée. Lord Rayleigh Hawking étant devenu
un ami fidèle du Gouverneur.

Celui-ci avait pris sous son aile, un jeune
soldat promu à un bel avenir d'officier de sa
Majesté Britannique ; Sir Angus Mc Bennet.

✔

Ce jeune soldat ne vivait à Port Mahon que depuis l'Été de l'An de grâce 1624.

Depuis la mort tragique de ses parents, Angus avait été recueilli par son parrain, le Gouverneur de l'île.

Angus était un jeune homme brillant et raffiné. Il avait étudié la musique et les Arts. Ce qui le rendait encore plus attrayant aux yeux de la gente féminine dont le Gouverneur avait pour habitude de bien s'entourer.

Il était élancé, racé ce qui lui donnait un charme ravageur. Son regard d'un bleu lagon lui donné un air de prince voguant sur les océans. Ces cheveux couleur d'automne, n'étaient pas sans rappeler que quelques gouttes de sang Irlandais coulaient dans ses veines.

Ce qui faisait de lui un être un peu elfique. Roxane aimait à le penser.
Leur rencontre, comme elle se plaisait à le conter fût fabuleuse !

D'un simple regard, Angus comprit que Roxane serait la femme de sa vie. Son âme sœur.

Port Mahon, l'An de grâce 1626, le 10 juillet

Le soir de leur rencontre au Bal d'Été du
Gouverneur.

Lui vêtu d'un habit d'apparat bleu Roy.

Elle telle une princesse, apparue dans
une robe rouge Écarlate.

« - Permettez-moi de vous présenter Roxane
Rayleigh Hawking, la fille cadette de mon très
cher ami, Lord Arthur Rayleigh Hawking.
présenta son parrain

- Bonjour, Mademoiselle Rayleigh Hawking.
[Si douce et délicate !]. Sir Angus Mc Benett,
pour vous servir.
- Bonjour, Enchantée de faire votre
connaissance Sir Mc Benett, »

Leurs regards se soutenaient, leurs mains ne se
séparaient.

Il n'y avait plus qu'eux dans cette salle de bal.

La gorge nouée, la poitrine serrée !

Ils ne pouvaient se résoudre à couper le lien
magique de cet instant.

C'était ainsi que naquit leur idylle.

Toujours présente au musée, Lola poursuivait son enquête, elle lisait désormais l'histoire de Groenlo et Port-Mahon

Groenlo, ville Hollandaise était une ville stratégique sur la route du commerce avec l'Allemagne.
Elle fût assiégée plusieurs fois. Plus particulièrement pendant la période de la guerre de 30 ans.
Le conflit était mené contre l'occupation Espagnole.

Groenlo était une cité modeste, fortifiée et protégée. Elle était une place forte pour le contrôle de l'Est du Pays.
C'est pour cette raison, qu'une offensive terrestre contre cette ville fût décidée.

Le siège de la ville fût mené par *Frédéric Henri d'Orange Nassau de Flandres.*

Au terme d'un siège qui dura 4 semaines et des batailles meurtrières *qui resteront les faits les plus marquants dans l'histoire de cette cité*, le commandant *Matthijs Dulken* se rendit aux hollandais.
Laissant *Groenlo* sous le contrôle des Provinces-Unies jusqu'à la fin de la guerre.

C'est ainsi qu'Angus et Roxane seront séparés

Angus qui devenu officier de sa Majesté Britannique, et Ambassadeur à titre honorifique de Port Mahon...

Port-Mahon était le Port de Méditerranée occidentale le mieux situé, contrôlant l'Ouest.

Port Mahon deviendra la principale possession Anglaise.

Ceux-ci ayant besoin d'un port stratégique qui permettrait le ravitaillement en vivres et eau. Ainsi que la défense de la route vers les Indes Britanniques, et l'Égypte.

Il était également placé de façon à couper la route maritime aux navires Espagnols, Français ou Portugais, ainsi que la route vers les Amériques.

...

De par son poste, Angus fût envoyé avec deux bataillons Britanniques aux Pays-Bas pour apporter une aide militaire à *Frédéric Henri d'Orange Nassau de Flandres*.

CHAPITRE XI

Port-Mahon, début Août 2019

Lola et Benoît se retrouvaient tous les soirs au Pigeonnier, afin d'en découvrir un peu plus sur nos amoureux des siècles passés.

« -Tu as lu celle-ci, regarde je suis certaine qu'ils ont fait l'amour avant qu'il parte pour la guerre ?
- Ils sont si épris l'un de l'autre ! Sûrement, de plus avec ce que tu as découvert, c'est un soldat, elle une fille de bonne famille...
- oui, je dois découvrir ce qu'ils sont devenus, si il est revenu ?
- Oui, évidemment... Chut ! Lisons »

Groenlo, l'An de grâce 1627, le 5 Août

Mon Aimée,

Après, plus de 15 jours de siège.

*La chance étant de mon côté, je ne suis pas
blessé, ta bonne étoile me protège du
malheur.*

*La chaleur de nôtre correspondance me
ravive le cœur.*

*Quelle folie la guerre, furie humaine,
je n'ai plus d'espoir !*

*J'imagine ton corps, tes douces courbes, tes
longs cheveux, ton parfum, ta voix, ton
visage, comme il serait bon d'être dans tes
bras.*

Des gestes simples comme une caresse
à la vie.

Ton prénom résonne dans ma tête à chaque
fois que le danger rôde... Roxane, Roxane...
ne meurt pas, elle ne mérite pas cela.

Ton ami

Angus Mc Bennet

Port Mahon, l'An de grâce 1627, le 10 Août

Mon tendre aimé,

Tes mots me glacent le sang.
Mon cœur saigne.

Est-ce nécessaire, que cette folie
meurtrière t'éloigne chaque jour
un peu plus de moi ?

Toutes ces nuits, où je contemple le ciel étoilé
sous lequel nous aimions nous retrouver. Te
souviens-tu, de notre promesse faîtes sous le
firmament ?

Mon Adoré, le manque de toi me rend triste et
cette mélancolie altère les saveurs de ma vie.

O ! Mon Aimé, le souvenir de tes caresses,
de tes tendres baisers provoquent en moi
toujours autant de douces et délicieuses
pensées.

*Cependant, elles ne peuvent apaiser
mes peurs.*

*Je ressens le danger, c'est pourquoi,
tu entends cet appel.*

*Je désire si ardemment que tu me reviennes,
que des forces, quelles qu'elles soient veillent
sur toi.*

*O ! Mon Aimé, laisses-toi guider par ces
divines créatures, te protégeant d'un voile
invisible afin que ton cœur ne serve de cible.*

Je ne cesse de penser à toi mon Adoré.

Tendrement

Ta douce Roxane Rayleigh Hawking

CHAPITRE XII

Angus était un soldat.

Ne pas obéir reviendrait à déserter et connaître le déshonneur.
Son Amour en valait-il la peine ?
[*Oui ! sans l'ombre d'un doute.*]
Roxane l'en défendait.

« - Tu dois t'y rendre, même si mon cœur ce meurt. Être séparée de toi serait une véritable torture.
- Non, mon aimée ! Je ne te quitterai point. Partons ! Fuyons tous les deux, n'écoutons que notre Amour. Je t'en conjure Roxane.
- Non ton parrain ne te le pardonnerait jamais. Mon père en mourait. Mon pauvre Père !
- Roxane tu m'attendras n'est-ce pas ?
- Bien sûr mon aimé. Je ne vivrai que pour l'espoir de te retrouver. »

Il la prit dans ses bras, une douce étreinte, un tendre baiser…

Benoît prit Lola dans ses bras, il lui donna un tendre baiser... !

Mais Roxane ne voulait pas qu'il parte sans qu'elle ne lui ait donné une véritable preuve de son Amour.

Lola prit Benoît par la main... !

Elle prit sa main et lui suggérait l'idée de dégrafer son corsage.

Avec une infinie délicatesse Benoît... !

Avec une infime délicatesse, il fit sauter un à un les petits boutons de nacre, qui maintenaient se corps si frêle. Il dénudait une épaule qu'il embrassait du bout des lèvres.

Lola se sentait défaillir... !

Roxane se sentait défaillir. La douceur de cette caresse. L'intensité de son désir, elle ne voulait rien perdre de cette merveilleuse sensation.

Benoît fit glisser sa robe... !

Angus fit glisser sa robe le long de son corps.
Il dévoilait la poitrine de son aimée.
Il ne pouvait se détourner d'un tel spectacle.

Le teint laiteux de sa peau, son parfum enivrant, et la douceur de celle-ci, ne faisait qu'accroître son désir. Il caressait ses cheveux et déclipsait le bijou qui maintenait sa chevelure de Feu.

Lola déboutonnait la chemise... !

Roxane déboutonnait la chemise d'Angus. Elle s'enivrait de ses baisers tout en lui prodiguant de tendres caresses. Son torse musclé, ses larges épaules faisait vibrer tout son corps.

Leurs souffles se faisaient plus courts, plus intenses.

Benoît la souleva... !

Angus la souleva et la déposa délicatement sur le lit. Il lui enleva avec une infinie douceur son jupon, afin de lui ôter ses bas de soie, qu'il fit glisser tout en la couvrant de délicats baisers. Doucement elle gémît.

Dans cette pénombre, seul un rayon de lune lui permit de lui dévoiler la nudité de son aimée.

Ce corps sublime n'était que sensualité et volupté. Il ne devenait pour Angus que convoitise et tentation.

Il ne devenait pour Benoît que... !

Elle allait se donner ! Pensait Angus.
Une vive émotion le submergeait.

Lola sentait une délicieuse... !

Roxane sentait une délicieuse sensation, ses sens l'abandonnaient. Elle désirait si ardemment son bien aimé.

Benoît ému, ne sachant plus… !

Angus ému, ne sachant plus s'il y devait écouter son corps, son cœur ou son esprit.

Cependant, une frénésie s'emparait de lui. Il souhaitait ouvrir les portes du plaisir.
Seule Roxanne pouvait lui donner les clés de son désir.

Seule Lola pouvait lui donner... !

Lola ne disait mot... !

Roxane ne disait mot, elle voudrait lui dire oui, mais aucun son ne faisait écho, elle se souvenait des nuits où Angus n'était que le fantasme de ses douces rêveries.

La respiration haletante, chacun voudrait l'autre maintenant.

Et dans une étreinte passionnée, de fougueux baisers, de caresses enflammées. Leur sang bouillonnant ne fit qu'accentuer leur envie.

Les corps de Lola et Benoît fusionnèrent... !

Leurs corps entrelacés fusionnèrent pour ne faire qu'un. L'extase de leur plaisir, fit jaillir en eux, le feu sacré qu'ils avaient si longtemps refrénés.

Cette communion leur laissait le souvenir d'une nuit où fut scellé à jamais, leur Amour Éternel.

CHAPITRE XIII

Port Mahon, Août 2019

Lola et Benoît se retrouvaient à nouveau dans le pigeonnier.

Lola leva les yeux et regarda Benoît.
[Ai-je rêvé ? Pourtant, c'était si intense,
j'ai encore la douceur de ses caresses !].

Il était si concentré par se lecture, qu'il ne s'aperçut même pas qu'elle le dévorait des yeux.

[Il est trop craquant avec ce costume d'officier, ça lui donne une allure folle ! J'ai encore ses flashs érotiques ! Mais, suis-je vraiment entrain de penser cela ?
Non Benoît c'est mon pote, mon frère !
Je ne peux pas imaginer une telle chose ! Pourtant, je le vois autrement depuis quelques temps. Nous avons tant partagé. Il me plaît. On se connaît par cœur. Bon j'arrête de fantasmer là !]

« - Benoît, Benoît ! Alors tu en penses quoi ?

- Ouais, euh... ! Quoi ?

- Eh bien, tu n'as rien à me dire ? Alors dis-moi ?

- Y sont trop in Love. J'adore !

- Mais, tu n'as rien ressenti ?

- Quoi ? Y sont trop accros !

- Ils sont très épris l'un de l'autre, mais t'as pas eu l'impression d'être proche d'eux, très proche ?

- Oui... Non ! Enfin, moi je ne pourrai pas être séparé de toi, euh... ! Enfin de la femme de ma vie, tu vois ?

- Oui je vois, moi c'est pareil, j'en crèverai, de ne pas être avec toi, oui...Bref ! Avec l'amour de ma vie. »

[Il n'a pas fait l'Amour lui ???
C'est étrange !]

Ils se rapprochèrent l'un de l'autre.

Elle, dans cette robe rouge écarlate flamboyante, lui donnant ce côté romanesque.

Lui, dans ce costume d'apparat bleu Roy, tel cet héros sorti d'un autre temps...

Le souffle coupé, leurs lèvres se frôlèrent, se cherchèrent. Benoît lui caressant les joues, glissant ses lèvres au creux de son cou !

Lola n'osait bouger, elle continuait à voir les scènes d'Amour ! Son esprit lui jouait-il des tours ? Malgré son trouble, elle le serrait contre elle. Sentant son corps musclé contre le sien.

Est-ce l'effet de ces costumes ou la lecture de la correspondance d'Angus et Roxane, qui les rendaient si passionnés, tout à coup ?

Benoît donnait un tendre et langoureux baiser à Lola, qui n'avait aucune envie que ce délicieux moment ne prenne fin.

« - Lola, Benoît, Lola, Benoît, vous êtes encore là-haut ?

- Oui Lolita, répondit Lola, encore très émue par cette étreinte passionnée. Nous arrivons! »

Ils ne s'étaient même pas rendu compte que la nuit était tombée.

Ils se dirigeaient vers la cuisine.

Benoît n'avait aucune envie de quitter Lola !

« - Eh bien, les enfants, ce n'est pas encore *La Mare de Déu de la Gracia** ?

*Tradition centenaire faisant partie des festivités de la fête de San Joan de la Cuidadela.

Elle débute les 23 et 24 juin prend fin en septembre. La Mare de Déu de la Gracia, termine donc les festivités de l'île.

Elle se déroule autour du 8eme jour de septembre de la vierge de Grâce.

On intégrera à cette Fête Patronale des éléments plus festifs à la fin du 19eme siècle, dont « la Qualcada », spectacles et courses équestres, où les habitants, figurants de ceux-ci, participent à des joutes nocturnes spectaculaires accompagnées de cette fameuse boisson populaire « la Pomada (gin plus limonade)

Qu'est-ce que vous faites vêtus ainsi ?

Où avaient trouvé ces tenues ?

- Dans la malle, Lolita, la malle du Pigeonnier.

- Mais comment ? Comment est-ce possible ? En si bon état !

- Oui je sais, Lolita, c'est complètement fou !

- Cela dit, vous êtes superbes tous les deux, on vous direz tout droit sorti d'un roman d'Alexandre Dumas !

- Lolita, tu n'as jamais entendu parler de ce qui se trouvait à l'intérieur du Pigeonnier ?

- Non, je t'assure ma chérie, je suis certaine, même que mon cher Byron n'en savait rien lui non plus ! Le connaissant, il m'aurait mise dans la confidence. Tu sais à quel point il pouvait être fleur bleue !

- Oui c'est vrai, ce cher Byron.

- Et toi Benoît, tu en penses quoi de tout ceci ?

- Moi, je trouve ça génial. Il n'y a qu'à regarder Lola pour comprendre. Elle est tellement belle.

- Benoît ! Lola lui fit les gros yeux, attention tu deviens romantique !

- Comment ne pas l'être ? Dans cette atmosphère où tout respire le romanesque, la passion, le désir et l'Amour ». Benoît lui sourit

Lolita fit un clin d'œil à Lola.

« - Bien les enfants, je vous laisse. A demain ma chérie. Elle déposait un baiser sur le front de Lola.

- A bientôt, mon grand. Elle lui caressa tendrement la joue. Comme pour lui signifier que désormais elle le considérait comme un jeune homme et non plus comme ce délicieux petit garçon qui courait autour de la table pour tirer les nattes de Lola.
- Bonne nuit ! Lui répondirent-ils en cœur
- Maintenant, que nous sommes seuls. » Lança Benoît

Il la prit dans ses bras. Leurs lèvres se rapprochèrent.
Comme hypnotisés, l'intensité de leurs regards accentua leur attirance.

« - Je t'aime depuis si longtemps, Mon Amour.
- Je t'aime aussi Benoît. »

CHAPITRE XIV

Port-Mahon, Août 2019

Après ces lectures, très imagées. Lola continuait de mener ses investigations. Le soir venu, Benoît la rejoignait à *Hautes Valley*.
Ils passaient des nuits entières à lire et relire ces lettres. Leurs passions étaient telles que celles de Angus et Roxane...

Lorsqu'ils ouvraient la malle, un léger nuage les enveloppait, et les voilà transportés au 17eme siècle...

Groenlo, l'An de grâce 1627, le 22 Août

Ma douce et aimée,
Le Ciel, le ciel, je regarde le ciel…
Je suis étendu sur le champ de bataille,
une douleur à l'épaule.

Je vois des ombres passer.
Autour de moi, des cris,
des ordres, le bruit du galop des chevaux.
Vais-je mourir ici… ?

Une sorte de plénitude m'envahit, ton visage
m'apparaît, tout se bouscule.

Quel beau ciel est ton visage.
Le ciel…J'ai mal…
Mon épaule meurtrie,
et puis plus rien…

Je me réveille sur une paillasse,
la tête engourdie,
un bandage autour de mon épaule.

Je suis en vie… Je suis en vie !

La victoire est à nous, on me raconte
que l'ennemi à capituler.

Je suis en vie… Je vais te revoir.

Ton cher Ami

Angus Mc Bennet

Port Mahon, l'An de Grâce 1627, le 26 Août

Mon Aimé,

Enfin !
Bientôt tes bras pourront à nouveau
m'enlacer.
Nous pourrons nous caresser, nous embras-
ser, nous aimer.

O ! Mon adoré, cette torture sera enfin
terminée.
Nous allons nous retrouver.

J'ai tant prié afin que les anges veillent sur
toi. Ils m'ont exhaussé !

Mon Aimé, j'ai eu si peur durant ce conflit.
Tous ces jours emplis de douleur, toutes ces
nuits où j'ai tant pleuré.

Désormais, mon cœur est apaisé.

Je t'aime tant mon adoré.

*La tendresse s'est transformée en un senti-
ment plus intense, une émotion, une sensation
que mon corps se défend, que mon cœur
accepte avec tant d'élan.*

Je pense à toi, tu me manques terriblement.

Amoureusement

Ta douce Roxane Rayleigh Hawking

EPILOGUE

La fin de l'Été se profilait, elle emportait avec elle, nostalgique ! Les divines nuits, que vécurent Angus et Roxane, il y avait 4 siècles, ainsi que les instants magiques de Lola et Benoît.

Elle découvrit que le Bel Officier était revenu sain et sauf de ce conflit meurtrier. Que la Belle Anglaise l'avait accueilli avec la plus grande tendresse...

Lorsque vous flânerez dans les rues de *Port-Mahon* ou participerez à une reconstitution historique à *Groenlo* ou ailleurs, en évoquant **les Amants de Groenlo**, vous découvrirez d'une façon toute particulière ces lieux emplis de mystère.